句集 軌道

村上喜代子

Murakami Kiyoko
KIDOU

角川書店

句集・軌道

目次

春筍●二〇一三年～二〇一四年……005
サイネリア●二〇一五年……047
藺●二〇一六年……081
けふの白●二〇一七年……115
光の沸騰●二〇一八年～二〇一九年……151
あとがき●……213
季語索引●……216

装丁●吉原敏文
本文デザイン●ベター・デイズ

句集

軌道

春筍

二〇一三年〜二〇一四年

蟄居より解かれしごとく蕗の薹
常磐木の杜こんもりとあたたかし

堰落つる水が一枚桃の花

雛の夜の襖開けばまた襖

花散らす雨縷々縷々と鎖樋
きのふ来てけふ来て花を惜しみけり

花過ぎのひとつ老いたる心地せり

古書買へば開き癖あり四月尽

天へ地へ街の伸びゆく新樹かな

占ひのどれがほんたう薔薇の昼

てんとむし夜は絵本の中にゐる

札所寺磴に蚯蚓の乾びたる

岩摑みたる空蟬の力かな

祝 坂本茉莉句集『滑走路』

銀漢へ飛び立つてゆく滑走路

潺々と水の揉み合ふ林火の忌

台風一過のつぺらぼうの空があり

天地創造風のふくべによきくびれ

天高しキューピー指を広げ立つ

駅弁の初松茸でありにけり

生姜掘る寿老人めくひとりかな

小六月唐丸籠に軍鶏のゐて
顎撫でてをれば湧く智恵小六月

空青し碧しと見れば雪蛍

十二月八日をレノン忌といふな

折り畳みたき梟でありにけり
声出して己たしかむ枯野かな

切り詰めし枝の力や冬の梅

菰巻の千年の槙まだ途上

あらたまのたひやひらめのうすづくり

葉牡丹の渦にはじまる白日夢

暮れ際の日の色は金浮寝鳥

まだ石の石屋の仏笹子鳴く

妹急逝

いもうとはいづこと梅を探りけり

己が死を知らざる遺影冴返る

蓬生やふつと人消え人現るる
城のなきいまも御城下蕗の薹

三月八日　村越化石氏逝く

化石逝き癩の詩果つ鳥曇

鷹鳩と化し黙禱に加はりぬ

春雷を聞きとどめたる顔と顔
囀や流れを分くる石ひとつ

杉の花古都の鬼門の日吉《ひえ》大社

仲裁の神てふ末社菫咲く

三井寺の花守にして屈強な
発掘の石仏に似て春筍

日面の桜の散るはしぶくごと
花の山乳母車には荷がいつぱい

椅子に椅子重ぬ暮春の集会所
どの色を盛りといはむ七変化

ちちははの国を旅して明易し

麦秋や仏に負はす人の咎

蛾蠓の芯となりたる遊子われ
草笛の十人十色それでよし

透垣を往き来してゐる黒揚羽

炎天の身を日時計と思ひけり

炎昼や出合ひ頭といふ死角

大暑なる水あらあらと使ひけり

水鉄砲たたかふことを幼より
ががんぼの畳みきれざる脚の丈

天牛を鳴かせて老はまだ詠まず

神木の色に紛れし青大将

賽銭も棒のアイスもワンコイン

楷涼し磴の高さを丈に足し

新涼の何も置かざる文机

狐の剃刀かなしきときはわらふなり

秋立つとおもへばおもふ肌かな

風受けて秋の七草らしくなる

秋の日の時間を売るといふ男

どぶろくや祖霊に中也山頭火

秋冷の僧の頭を拝みけり

しほがまのほろとくづるる無月かな

火を造ることより神事雁渡し

水に映し天に映して松手入

音の出てひよんの笛とも口笛とも
太白の延べ棒なりし千歳飴

椅子の子の足ぶらぶらと七五三
銀杏散るわたくし雨の明るさに

ふるさとの山はさんづけ蕪洗ふ

梟を見てゐていつか見られをり

箱匣函篋筺筥の年用意

風囲ひほどの山並総の国

サイネリア

二〇一五年

あめつちの機嫌よろしき初筑波

初昔雀が小首傾げたる

あかつきの空を白羽となりし鶴

冬芒夜は光琳の光持つ

創刊のはやひとむかし福沸

十年をかけてきしもの竜の玉

焚火せりドンキ＝ホーテとソクラテス

寒雀疱瘡神の米もらふ

魞挿して飛白模様の印旛沼

面よりの声のくぐもる涅槃吹

菩提樹の花の御寺に献血車

つばくらめ寺より古き椎や松

鳥曇優先席に資格あり

「いには」創刊十周年祝賀会

よく晴れて桜が咲いて十周年

春風のめくつてゐたる記念号

「いにはは」てふ酒や俳誌や亀鳴けり

清明や人を錘りにパラシュート

仏生会棒の麩菓子のさくらいろ

浅蜊飯寝付き寝起きの健やかや

花曇無口なシェフの舌鮮

花冷や紬一反分の繭

うららかや常連にして名を知らず

蝶の昼ふつと睡魔におそはるる

きのふけふあしたあさつてサイネリア

齢まだ足らず牡丹に真向ふは
いつしかに雨山蕗を煮てをれば

封を切るときのときめき新樹光

ポスターに晒さるる顔麦の秋

梅雨晴や地下へ地下へと街拓き
明易の夢に色ある誕生日

アマリリス墓地を見下ろす異人館

昭和二十一年一月「濱」創刊号

紙魚の書の奥付壹圓七拾錢

文字摺草師の亡きあとは師の言葉
草かげろふ木の家に灯のともりたる

玉葱を吊りこれよりの遠野領

先達は河童でありぬ大夏野

山水を引く曲り家の風涼し

みちのくの旅の夜の百物語

館主敬白只今早池峰登山中

神楽見る杜の夜涼に包まれて

木洩日やハンカチ敷けばどこでも座

書に倦みて飛蝗を追へり農学校

蓮の花開かむとして珠となる

西方に夕焼東方には冒険

朝顔や水飲みてけふはじまれり

林火忌の明るき雨の旦かな

開国のはじまりの地の棗かな

沖待ちの船の形に秋灯

鵙鳴くや下田に特攻潜水艦

秋天下鯛の目玉をせせりけり

歌垣に篝火となる曼珠沙華

雁渡しふるさとにもう戸籍なし

何にでもなれる少年星月夜

新米にふるさとといふ隠し味

重陽の花豆にひたひたの水

天然の風の磨きし実紫

小六月生まれ来る子に名が八つ

朴落葉賢者はなべて面細し

凩や一身上といふ都合

蕪村忌やしぐれのあとをまた時雨

雪女野に残したる点と線

神仏雀にも礼十二月

蘭

二〇一六年

地の揺れに馴るる日の本大旦

初なれば泣いても転んでも笑ふ

お日和もお日柄もよく福詣

鮟鱇鍋笑ひに遅れとりにけり

反戦署名手袋の先噛みてはづす

どこかに死だれかの忌日冬青空

白菜をざくざく何も考へず

木菟鳴くや命名権を売りし駅

ふる里の銘酒獺祭雪が降る

千葉市稲毛に文人宿「海気館」ありき

藤村・蓴・芙美子らしきも百合鷗

下萌やどこへ行くにも水を持ち

甘露とはこのきさらぎの雨のこと

物壊すことが復興草青む

みづうみの面しわしわ鳥の恋

一生の記憶のはじめ雛あられ

囀に覚めて手足のよく動く

単線の徐行する橋初桜

はなびらにまみれてをりぬ喜捨の銭

チューリップ畑たっぷり空がある

立浪草風の起伏は野の起伏

山肌を日の移りゆく端午かな

雨を歩けば軽鳧の子が蹤いてくる

樟新樹空あるかぎり伸びんとす

竹の葉の散る霊山に深く入る

木々の秀を渡る風音冷し飴

参道の独楽屋豆腐屋甘酒屋

国宝となりし繭蔵菖蒲葺く

明易し蚕は糸を吐きつづけ

白繭は枢白無垢姿とも
一反を紡ぐ白繭三千個

波の伊八

時鳥十年かけて彫りし波

酒蔵の女当主の素足かな

代継ぐといふこと梔子の錆びぬ
土用あい三度の飯を欠かさずに

杉鉾の一山隠す白雨かな

醒ヶ井の水に冷やさる真桑瓜

里山に里川のあり浮輪の子

城山のとつぷり暮れて鮎料理

一羽づつ眠る籠の鵜月涼し

先々を雷に脅さる美濃山中

大空を吸ひこんでゐる滝一条

草笛の鳴らぬは草のせゐにする

もぢずり草三人寄れば座が生まれ
ほうたるや言葉を紡ぐあそびして

古希過ぎの捨身といふは蜥蜴の尾

法師蟬乱調にしてふいに止む

鴨を見るさびしがりやの林火の忌

暁蜩ゆふべひぐらし林火の忌

林火忌の萩散る風の行方かな

祝　伊奈秀典句集『房総』

徹したる一師一生新松子

曼珠沙華地に霍乱のありたるか

赤まんま母子とわかる目のかたち

台風の目のまんなかに女郎蜘蛛

坂鳥や片刃光りの波頭

秋果盛る虹のなないろには足らず
身の透けるまで秋風のなかにゐる

秋明菊白きは白に徹しけり

露けしや書いて呑み込むおまじなひ

あはせ柿生れ育ちのどこか似て

耐震の窓の三角銀杏散る

組み紐のかたかた秋を惜しみけり

狐火を見してふ大正生まれかな

しぐるるやお重に甘き玉子焼

加齢とは沢庵石のやうなもの

けふの白

二〇一七年

千年の松や桜やお元日

七曜に区切る歳月なづな粥

彗星の軌道のやうな寒卵

浄め塩ほどの雪降るいにはの野

雪を描く闇を分厚く塗り重ね
待春の回転椅子を右ひだり

古文書となりたる私信獺祭

蕗の薹守衛とすこし話して

雛の夜の獏に喰はれし夢のこと

蒟蒻を炒る音おぼろ深めたる

楊枝にも頭ありけり亀鳴けり

つばくらめ灯ともしごろの総菜屋

花貝母先代を知る寺男

胸像の眼鏡まんまる初桜

光陰やまた桜木に花が咲き
あす知らぬたのしさ桜さくらかな

自分史をすこし脚色桜咲く

たんぽぽや老いには老いの自覚なし

前菜の五品の五色夏はじめ

泰山木の花にきのふとけふの白

祝 中村重雄句集『朴』

『朴』涼し書名一字の黒メタル

青嵐身内の水のざわざわす

網の目のやうな水路や卯木咲く

万葉の森に揚羽の発光す

流し聞き夜の更けゆく三島宿

立ち喰ひのみしまコロッケ緑雨なか

高原の風の音たてキャベツ切る

掛け軸は六君子なり避暑の宿

あすありやあり蛍火を追ひながら
箱庭に置く一木はわが墓標

金魚ゆらりゆらりだんだんねむくなる

角と角合はすハンカチ桜桃忌

夏燕雨のち晴れの越中路
青田原風の舞台となりにけり

ほんたうは千六枚の青田かな

帰省して御陣乗太鼓打ちに打つ

揚花火篝火御神乗太鼓かな

月光を蓄へてゐる大水母

太古よりその色変へず蓮の花

鯛や平らかなれど日本海

法師蟬戦後七十二年の樹

遠野分総本山をざわつかす

大和美し野の草々に露の玉

祝　岡崎寅雄句集『大耳』

卒寿なる第一句集豊の秋

砕石を運ぶ無蓋車鰯雲

連結車いつしか二輌秋深む

長月の車窓に肘の置き処

隠れ里秋明菊の白群るる

水に幣金精に幣秋納め

山肌に張り付いてゐる薬掘

月夜茸ダムとなりたる秘境かな

蕎麦掻を食べ落人の心地せり

新米のかをり新刊書のにほひ

逆光の一点秋の女郎蜘蛛

蚯蚓鳴く選べぬものに出自かな

蛤になりたる雀偲ぶ会

猪鍋の猪の出自を尋ねたる

冬眠の蛇のゐるらむ花時計

綿虫の群れてかすかな意志のあり

日が入りて月出て蕪畑かな

雪降れり金子みすゞを誦しをれば
開かずの間襖に鶴の凍ててをり

鯛焼き屋紐屋文具屋ビルの中

六本木ヒルズの反り身冬青空

人間に五感六感枯木立

初氷高からねども総に山

光の沸騰

二〇一八年～二〇一九年

白雲に日裏日面年新た

初市のものの何かに鈴の音

葉牡丹の渦へ消えたる火球かな

いくたびも覗く雪降る夜の景

松が枝の雪朝日子とたはむるる

消しゴムの角の直角事始

背もたれは空見る角度木々芽吹く

啓蟄や救急箱にある輪ゴム

木の家に三角の屋根初燕

乗込みの鮒に光の沸騰す

印鑑の見本は太郎山笑ふ

蝕の夜の波の揚げたる桜貝

桜貝ひとひら記憶みなかけら

サイネリア十年先を約束す

風船に舞浜駅の浮き上がる
いちにちの疲れ風船にもありぬ

陽炎や印旛いにはといひしころ

緑黄色野菜山盛り蝶の昼

花冷と思ふメニューの革表紙

金婚式桜隠しとなりにけり

はなびらのひとつを追へば天まぶし

岬鼻の風の木にある鴉の巣

悼　伊奈秀典

またひとり林火を囲む花の句座

逃水の行き着く先は黄泉といふ

筍や夜陰の筆のよく進む

竹秋の風音印旛《いには》郡《こほり》かな

筍の生え放題の隠居寺

行々子秘仏見にゆく御一行

佐倉・千手院六十年に一回の御開帳

御開帳厨子の扉に金の継ぎ

秘仏見し眼あぐれば朴の花

湯の町に木の花にほひ明易し

卯の花やマンホールより湯の煙

明易の湯にゆく風呂敷包みかな

万緑の窪に湖あり火山あり

春蟬や箱根に客死せし宗祇

手に掬す清水六根目覚めたる

日にコップ十杯の水新樹光

麦秋や一指一指を揉みほぐす

徽の書の引用誤字もそのままに

梅雨光りしたる鉄路や兜太亡し

さし石の梅雨の重みといふべかり

さし石＝力石

少年のぬつと伸びたる大暑かな

この頃の水買ふ暮し旱星

端居して眼鏡外せばこの世佳し

短夜の令法は花を咲かせたり

尾のあらば眠れるものを熱帯夜

オープンカー行き交ふ街や緑さす

税関の押収物の水中花

啄木が好きだつた頃ソーダ水

涼しさやふつと忘れてぽと浮かぶ

八丈島

空の港海の港や雲の峰

電源はソーラーパネル島炎暑

片脚は黒潮の海朝の虹

浮雲や宝珠のごとき赦免花

日焼濃き男八丈太鼓打つ

枇榔樹の下に白雨をやり過ごす

夕焼の都立八丈高校よ
高校にプラネタリウム夜の秋

熱帯夜光るキノコの森に入る

ひと夜さを踊る島人旅の人

二日遅れの新聞を読むハンモック

でで虫の殻のやどかり流人島

宇喜多家の墓所の蚊に慕はれてをり

抜け舟の碑や飛魚の海へ向き

銀漢を飛び出してくる火星かな

流人島秋の蛍が二つ三つ

鼻先に天の川あり島泊り

海峡の波に紛れて鳥渡る

台風の過ぎたる後の首廻す

幾たびも山河は崩れ曼珠沙華

採石の山冷々と峙てり

百尺といへど露けし崖観音

国宝となりし歳月稲光

桔梗や安房に一茶の女弟子

月の夜の沖に一塊油槽船

宵闇や深海に棲む蟹や鮫

秋蒔きの風に運ばれさうな種

ゆかりなき出棺に礼銀木犀

祝　滝口滋子句集『ピアノの蓋』

百歳の母へ献上菊の宴

ふるさとの栗ふるさとの米に炊く

月明に木の子土の子出て遊ぶ

鰯雲一鱗鳥となりにけり

鞍付けて花野を歩む引退馬

深大寺の無患子の実を御守りに

品書きは何とも簡素走り蕎麦

蓑虫の夜は密使となるならむ

捨て蓮田捨て田列島冷々と

事あれば人は身を寄す秋ともし

神無備の枸杞の実なれば就中

自然薯の自然許さぬ筒の中

胆振野の地震冬眠の山崩す

沼尻にきて綿虫に会へさうな

スパイスの小瓶が十二初時雨

海老昆布玉子にも塚報恩講

綿虫の飛ぶ一山にめ組の碑

十二月何でも言へる穴が欲し

白鳥の飛ぶ高からず低からず

気象士の最後は目視年送る

初夢の行進曲の覚めてなほ

初髪を結ひ合ふ従姉妹同士かな

嫁が君ディズニーランドに紛れこむ

焚火してをればうすうす卑弥呼の血

晴天を一福として詣でけり

福引もじやんけんもこの右手にて

女正月東銀座に待てといふ

成駒屋見に行く寒の紅を差す

青空を引き立ててゐる冬桜

冬木立隔離病舎に「旧」や「跡」

療養の名による隔離寒雀

世に寒きものの偏見と風評と

多磨全生園・村越化石自筆短冊「雪の界睡りも幸もゆつくり来」

鳥曇り晴眼の日の化石の字

梅東風や遺品のなかにハーモニカ

うすらひや納骨堂にけふの花

墓標なる松の齢の朧かな

涅槃雪松にそれぞれ曲がり癖

晩年の年譜ぎつしり霾れり

鴉の巣空透くるほど粗なりけり

リュウグウへ三億余キロ亀鳴けり

句集　軌道　畢

あとがき

新元号が「令和」と発表され、桜は満開です。いには俳句会も創刊十五周年を迎えました。この佳き年に第五句集『軌道』を刊行できますことは、大きな喜びです。

昭和五十一年から俳句を始め、もう四十年余の月日が流れました。人生の半分以上を俳句と共に歩いてきたことになりますが、それ以前の暮らしが、いかに自分の俳句に生かされてきたかを、つくづくと思い知らされています。

私の故郷は山口県下関市内日《うつい》、出生時は豊浦郡内日村でした。山に囲まれた盆地で、土筆や蓬を摘み、山へ入って蕗や筍を採って食べました。六月には蛍が舞い、田植や稲刈りも体験しました。家庭を持ってからは高度成長期の夫と共に名古屋、東京、千葉、苫小牧等を転々とし、日本各地の暮しと自然や風土を体験いたしました。そういった生活が、現在俳句を作ったり鑑賞したりするうえでどれほど役立っていることか。四季のある国に生まれ育ったことに感謝しています。

ところで現在、ＡＩの進歩は劇的なものがあります。宇宙船で宇宙の旅に出かけることも夢ではなく、何億キロも離れたリュウグウという小惑星へ探査機を着陸させる等、宇宙の話題は尽きません。そういった技術的なことだけではなく、俳句までがＡＩと勝負する時代となりました。

けれどもＡＩの作る俳句は過去のデーターの組み合わせです。発想の思いがけない句、知識の勝った句は生まれるかもしれませんが、いったいこの句の作者はだれなのでしょうか。

俳句は己から発する詩。ゆえに抒情。これは師である大野林火の言葉です。今生きている証、喜びや悲しみ、そういった己の心情を季語と十七音で詠う詩なのです。生存証明と言ってもいいかもしれません。決して技や知識を競うものではありません。これからも自分の目で、自分の心で感じたことを生きた証の俳句として詠んでまいりたいと思います。

句集名「軌道」は〈彗星の軌道のやうな寒卵〉から名付けました。私にとって宇宙は征服するものではなく、心を解き放つロマンなのです。
今日まで私を支え、叱咤激励してくださった方々、これからも共に研鑽する「いには」の皆様に感謝して、今後とも励んでまいりたいと思います。

桜花を愛でつつ

村上喜代子

季語索引（五十音順）

（　）内は季を表す。

あ行

アイスクリーム（夏）　37
青嵐（夏）　127
青田（夏）　133・134
青大将（夏）　36
赤まんま（秋）　108
秋収め（秋）　141
秋惜しむ（秋）　113
秋風（秋）　110
秋立つ（秋）　39
秋の女郎蜘蛛（秋）　143
秋の空（秋）　73
秋の七草（秋）　39
秋の日（秋）　40
秋の灯（秋）　72・196
秋の蛍（秋）　185
秋深し（秋）　139
秋蒔き（秋）　191
鳳蝶（夏）　33・128
揚花火（夏）　135
朝顔（秋）　71
朝の虹（夏）　179
浅蜊（春）　58
あたたか（春）　7
甘酒（夏）　95
天の川（秋）　13・185・186
アマリリス（夏）　64
鮎（夏）　101
あはせ柿（秋）　112
鮟鱇鍋（冬）　84
銀杏散る（秋）　44・112
凍鶴（冬）　147
稲光（秋）　189
鰯雲（秋）　139・193
浮寝鳥（冬）　22
浮輪（夏）　101
うすらひ（春）　209
空蟬（夏）　13
卯の花（夏）　128・168
梅東風（春）　208
うららか（春）　59
魞挿す（春）　53
炎暑（夏）　178
炎昼（夏）　34
炎天（夏）　33
桜桃忌（夏）　132
大水母（夏）　135
大夏野（夏）　66
踊る（秋）　182
朧（春）　121・209

か行

蚊（夏）　184
ががんぼ（夏）　35
陽炎（春）　161
風囲ひ（冬）　46
風涼し（夏）　67
黴（夏）　172
蕪菁（冬）　45・146
天牛（夏）　36
亀鳴く（春）　56・122・211
鴉の巣（春）　163・211
雁渡し（秋）　42・74
軽鳧の子（夏）　93
枯木立（冬）　149
枯野（冬）　19
元日（新年）　83・117

寒雀（冬）52・207
寒卵（冬）118
寒紅（冬）205
桔梗（秋）189
きさらぎ（春）88
帰省（夏）134
狐の剃刀（秋）38
狐火（冬）113
キャベツ（夏）130
行々子（夏）166
金魚（夏）132
銀木犀（秋）191
枸杞の実（秋）197
草青む（春）89
草かげろふ（夏）65
草笛（夏）32・103
薬掘る（秋）141
梔子（夏）99
雲の峰（夏）178
栗（秋）192
啓蟄（春）156
御開帳（夏）167
凩（冬）78
ご赦免花（夏）179
事始め（春）155
菰巻（冬）20
小六月（冬）17・77

さ行

サイネリア（春）60・159
冴返る（春）23
囀（春）26・90
坂鳥（秋）109
桜（春）29・55・124・125
桜貝（春）158・159
桜隠し（春）162
笹子鳴く（冬）22
寒し（冬）207
四月尽（春）10
しぐれ（冬）114
猪鍋（冬）145
下萌（春）88
七五三の祝（秋）
七福神詣（新年）43・44
七変化（夏）84・204
紙魚（夏）30
自然薯（秋）197
清水（夏）64
秋果（秋）170
十二月（冬）110
十二月八日（冬）79・200
秋明菊（秋）18
春筍（春）111・140
春雷（春）28
生姜掘る（冬）26
菖蒲葺く（夏）16
白繭（夏）96
新樹（夏）97
新松子（秋）11・62・94・171
新年（新年）107
新米（秋）21・153
新涼（秋）75・143
素足（夏）38
水中花（夏）98
杉の花（春）176
木菟（冬）27
涼し（夏）86
雀蛤となる（秋）37・127・177
菫（春）144
清明（春）27
ソーダ水（夏）57
蕎麦掻（秋）177

た行

泰山木の花（夏）142
待春（冬）126
大暑（夏）119
台風（秋）34・173
鯛焼（冬）14・109・187
鷹化して鳩と為る（春）148
滝（夏）
焚火（冬）25
沢庵石（冬）103
竹の落葉（夏）52・203
114
94

筍（夏） 165・166
獺祭（春） 120
立浪草（夏） 92
玉葱（夏） 66
端午（夏） 93
探梅（冬） 23
たんぽぽ（春） 125
竹秋（春） 165
チューリップ（春） 92
蝶（春） 60・161
重陽（秋） 76・192
月（秋） 190・193
月涼し（夏） 102
月夜茸（秋） 142
霾（春） 210
燕（春） 54・122・157
梅雨（夏） 172・173
露（秋） 111・138・188
梅雨晴（夏） 63
鶴（冬） 50
でで虫（夏） 183
手袋（冬） 85
天高し（秋） 15
てんとうむし（夏） 12
冬眠（冬） 145・198
遠野分（秋） 137
蜥蜴（夏） 105
登山（夏） 68
年送る（冬） 201
年用意（冬） 46
飛魚（夏） 184
どぶろく（秋） 40
土用あい（夏） 99
豊の秋（秋） 138
鳥曇（春） 25・55・208
鳥の恋（春） 89
鳥渡る（秋） 186

な行

流し（夏） 129
長月（秋） 140
なづな粥（新年） 117
夏燕（夏） 133
夏はじめ（夏） 126
棗（秋） 72
逃水（春） 164
捩花（夏） 65・104
熱帯夜（夏） 175・182
涅槃吹（春） 53
涅槃雪（春） 210
乗込鮒（春） 157

は行

白雨（夏） 100・180
白菜（冬） 86
白鳥（冬） 201
箱庭（夏） 131
端居（夏） 174
走り蕎麦（秋） 195
蓮の花（夏） 70・136
初市（新年） 153
初髪（新年） 202
初氷（冬） 149
初桜（春） 91・123
初時雨（冬） 199
飛蝗（秋） 69
初筑波（新年） 49
初松茸（秋） 16
初昔（新年） 49
初夢（新年） 202
初笑（新年） 83
花（春） 9・29・91・163・164
花曇（春） 58
花過ぎ（春） 10
花散る（春） 9
花野（秋） 194
花貝母（春） 123
花冷（春） 59・162
花守（春） 28
葉牡丹（冬） 21・154
薔薇（夏） 11
春風（春） 56
春蟬（春） 170
ハンカチ（夏） 69
ハンモック（夏） 183
万緑（夏） 169

蜩（秋） 136
避暑（夏） 130
旱星（夏） 174
雛あられ（春） 90
雛祭（春） 8・121
百物語（夏） 67
日焼（夏） 180
冷し飴（夏） 95
冷やか（秋） 41・188・196
ひよんの笛（秋） 43
風船（春） 160
蕗（夏） 61
蕗の薹（春） 7・24・120
福引（新年） 204
ふくべ（秋） 15
梟（冬） 19・45
福沸（新年） 51
蕪村忌（冬） 78
仏生会（春） 57
冬青空（冬） 85・148
冬木立（冬） 206
冬桜（冬） 206
冬芒（冬） 50
冬の梅（冬） 20
報恩講（冬） 199
法師蟬（秋） 105・137
朴落葉（冬） 77
朴の花（夏） 167
星月夜（秋） 75
暮春（春） 30
菩提樹の花（春） 54
蛍（夏） 104・131
牡丹（夏） 61
時鳥（夏） 98

ま行

蠛蠓（夏） 32
真桑瓜（夏） 100
松手入（秋） 42
曼珠沙華（秋） 74・108・187
短夜（夏） 31・63・96・168・169・175
水鉄砲（夏） 35
緑さす（夏） 176
蓑虫（秋） 195
蚯蚓（夏） 12
蚯蚓鳴く（秋） 144
実紫（秋） 76
無患子（秋） 194
麦の秋（夏） 31・62・171
無月（秋） 41
女正月（新年） 205
芽吹く（春） 156
鵙（秋） 73
桃の花（春） 8

や行

山笑ふ（春） 158
夕焼（夏） 70・181
雪（冬） 87・118・119・147・154・155
雪女（冬） 79
百合鷗（冬） 87
宵闇（秋） 190
夜涼み（夏） 68
嫁が君（新年） 203
蓬生（春） 24
夜の秋（夏） 181

ら行

雷（夏） 102
竜の玉（冬） 51
緑雨（夏） 129
林火忌（秋） 14・71・106・107

わ行

綿虫（冬） 18・146・198・200

著者略歴

村上喜代子

むらかみ・きよこ

昭和18年7月12日、山口県下関市に生れる

昭和51年　大野林火主宰「濱」に入会。56年度「濱」賞受賞。同人となる

平成3年　第一句集『雪降れ降れ』により第十五回俳人協会新人賞を受賞

平成6年　大串章主宰「百鳥」創刊同人

平成13年　第二句集『つくづくし』上梓

平成17年　「百鳥」を退会し「いには」創刊、主宰

平成19年　第三句集『八十島』上梓

平成22年　俳人協会自註現代俳句シリーズ『村上喜代子集』上梓

平成25年　第四句集『間紙』上梓

平成27年　現代俳句文庫『村上喜代子句集』上梓

公益社団法人俳人協会評議員、日本文藝家協会会員、「いには」主宰

句集　軌道《きどう》

いには叢書第12集

初版発行　2019年7月25日

著　者　村上喜代子

発行者　宍戸健司

発　行　公益財団法人　角川文化振興財団

〒102-0071　東京都千代田区富士見1-12-15

電話 03-5215-7819

http://www.kadokawa-zaidan.or.jp/

発　売　株式会社　KADOKAWA

〒102-8177　東京都千代田区富士見2-13-3

電話 0570-002-301（カスタマーサポート・ナビダイヤル）

受付時間　11時～13時 / 14時～17時（土日祝日を除く）

https://www.kadokawa.co.jp/

印刷製本　中央精版印刷株式会社

 ISBN978-4-04-884282-2 C0092

角川俳句叢書　日本の俳人100

青柳志解樹
朝妻　力
有馬朗人
安西　篤
伊丹三樹彦
伊藤敬子
伊東　肇
井上弘美
猪俣千代子
茨木和生
今井千鶴子
今瀬剛一
岩岡中正
尾池和夫
大石悦子
大牧　広
大峯あきら
大山雅由
小笠原和男
小川晴子
奥名春江
落合水尾
小原啄葉
恩田侑布子
甲斐遊糸
加古宗也
柏原眠雨
加藤憲曠
加藤耕子
加藤瑠璃子
金箱戈止夫
金久美智子
神尾久美子
九鬼あきゑ
黒田杏子
阪本謙二
佐藤麻績
塩野谷仁
柴田佐知子
小路紫峡
鈴木しげを
千田一路

高橋　将夫
田島　和生
辻　恵美子
坪内　稔典
出口　善子
手塚　美佐
寺井　谷子
名村早智子
鳴戸　奈菜
名和未知男
西村　和子
能村　研三
橋本　榮治
橋本美代子

藤木　倶子
藤本安騎生
藤本美和子
文挾夫佐恵
古田　紀一
星野　恒彦
星野麥丘人
松尾　隆信
松村　昌弘
黛　　執
岬　　雪夫
三村　純也
宮田　正和
武藤　紀子

村上喜代子
本宮　哲郎
森田　　峠
山尾　玉藻
山崎　　聰
山崎ひさを
山本　洋子
柚木　紀子
依田　明倫
若井　新一
渡辺　純枝

ほか

（五十音順・太字は既刊）